JN095542

武西良和詩集

メモの重し

土曜美術社出版販売

詩集　メモの重し＊目次

一章　春

二章　夏

三章　秋

カバー・扉、写真・コラージュ／著者

詩集　メモの重し

第一章　春

はじける音のゆくえ

一匹二匹と
蟻たちが出てきた
土の中ではじけた種子の音に
目覚め
さあ仕事始めだ
地中の音は広く
遠く

そして素早くあちこちに伝わる
もうすぐ多くの草花が
その音を合図に芽生え
花開くだろう
柿や梨の木も芽吹くだろう

畑を取り囲んでいた山々が
生まれてくる音を
包み込む
音は畑なかだけでこだまする

音をすくった風も
畑を巡る

青く透き通った空が
抜け道を作ってくれていても
そこはあまりにも遠い

鳥の鳴き声も空へ上がれば
拡散し
風になる

テントウムシ

振り上げた
鍬
その重さがふっと
どこかに消えた

土の起伏を這うナナホシを
見たために

カメムシの仕事

畑を見回っていると
葉に止まっている

受粉の仕事にきたか
いやナシの枝葉を食い荒らし
病気を感染させるのか
裏の顔が葉陰にちらつく

受粉の仕事に手を焼き

汚れ仕事に
手を出すようになったのか
発注者はだれだ

仕事がやってくる

畑の入り口に立てば
風が昨日までの様子を伝え
仕事を捜す手間がいらない

草抜きに根の土落とし
石垣の修復に石選び
剪定に枝拾い
枯れ木集めに落ち葉掃き
柵の修繕　穴の補修……

夥しい仕事がつぎつぎと
畑のあちこちでめいめいが叫んでいる

畑の外にまでイノシシが
石ころを掘り起こし蹴散らし
仕事をつくってくれている

ああ　なんという幸せ
仕事が向こうからやってくる

接ぎ木

舌に残っているスモモの
味覚

冬のまっただなか
切って土の中に寝かせていた
スモモの枝
異種の木に接いだ

暖かくなって

接ぎ穂から出た芽が
若葉となり伸びていく

台木のスモモは
春先にやってきた木の穂を
自分の子どものように育てていく

でも一方
別の枝に接いだスモモは
芽を出さず
薫風のなか影だけ畑に
落として

サツマイモの土

長い間土が待っていた

盛り土に鍬で細長く溝が掘られ
一本一本ツルの切れ端が置かれ
葉の先だけを残して茎が隠され

やっと土に辿り着いたのだ

このツルが暗い闇のなかで伸び

葉を茂らせ
地中に根を太らせていく
秋には太い収穫が
明るみに引き上げられるだろう
夏の暑い太陽の光をくぐり抜け

土を被せ終わって家に帰り
畳の間に寝転んでいると
雨が降り始めた

雨音に誘われいつの間にか
深い眠りに入って
男は自分の居場所を見つけ
そこから芽を出し始めていた

暗闇のなか上の方が明るい
ぼくはあそこへ
行き着くことができるだろうか
土を打つ雨音はぼくには
大きな励みだ

雨上がりのテントウムシの
羽音に目が覚めた

雨音を抱えて

雨音がぼくを目覚めさせる

しばらく雨が降っていなかった畑
下西に下東
そして家の東に上の畑

今朝の雨音は気持ちがいい

昨日は時間をかけて草を抜き

果樹の周りに溝を掘り
たっぷりと肥料
そのあと埋め戻し

今朝の雨は暖かい

開花した桜の花は散るかもしれないが
その花を失っても余りある

雨のあと梨は一気に開花するだろう
接ぎ木したスモモの穂もしっかり芽吹くだろう
以前にも増して畑は活気づくはずだ

雨はぼくの畑仕事を中断させもするが

仕事への力を蓄えさせもする

瓦屋根に降る雨は音を消してはいるが
瓦が集めた雨水を樋が勢いよく流していく
（この音に仕事への意欲をへし折られることもあるが）

雨の音にぼくは勇気づけられる

雨は雑草に力を与え
ぼくに草刈りの仕事を与えもする
ハコベにオオバコ
ホトケノザにヤブジラミ
ギシギシにスイバ
あらゆる草がこの雨でぐんぐん生長し

畑が草ぶくれになる

そこへ思いを馳せようとすると
雨に打たれて消えかかる
雨音を聞きながら起き上がろうとすると
昨日までの仕事が重い

有機肥料は畑にやさしいが
遺り続ける重さが筋肉や骨に
蓄積していく

仕事を考えることも休めと雨が言っている
畑仕事はどれだけ気をつけていても

身体に疲労が溜まる
雨音が緩やかになだめていく
雨音を抱えてぼくはまた
横になったまま
目を閉じる

もうしばらく雨音を聞いていたい

切られた根

爪の根元にささくれ
反り返りが強まると
剝がすとき身体全体に痛み

裏の畑の柿の木
黒くエグエグと曲がって
地中を這って水や養分を探して
黒い根がほんのちょっぴり
顔を出していた

そいつをたぐり上げて
ツルハシでプツンと切った
木が全身を震わせた

ほかにもいくつかの
根が錯綜して出てきていた
みんな切った

畑は耕され
均された
それぞれの木の痛みは土の中に
格納されただろうか

メモの重し

知り合いが亡くなった
電話があり
メモに書き
台所の机の上に置いたが
飛んでしまわないか心配で
昨日抜いた細いニンジン

硬い土地だったので痩せて
葉が取れて
曲がって

それでも手頃で
ある程度の大きさがあり
メモの重しにはちょうど良く
ポツンという擬音とともに
そこに置く

擬態語とも取れる
ことばを添えて
置く

頭骨

アナグマの骨、だと思う

三日前に見つけていた
両手で持って土の中に埋めてやった
愛犬ラッキーの墓の隣り

家に帰って石けんで手を洗ったが
何度洗ってもにおいがとれない

手だけではない
思考の中にも
感情の中にさえ入り込んできて

しばらくの間
野山で木や竹を切り
畑を耕し
野良仕事に身体をさらさないと
においは抜けていかないだろう

畑の周りに張った
リユースされた魚網
そこを通り抜けて何度も畑に入ってくる
野生動物のにおいが網から離れない

においが消えるまでに
どこからか
また入ってくるのだろう

第二章　夏

囚われた鹿

角が網に引っかかったまま
身体を横たえ
もがき
足の爪で孟宗竹を叩いている

網の糸を切ってやると
よろよろ
と立ち上がり
森の奥へと動き始めた

木々の間に道は見えない
どこをどう行こうとしたのか

そこへ侵入することができない
踏み込めば二度と
出てこれない気がする

空高く鳶の旋回
目はぼくの場所を知らない
ぼくも飛行の位置が分からない

柵の夢

倒されている
頑丈に杭を打ち
金網を張って囲っていたのに

畑の畦は崩れ
近くに大きな糞が長く
これ見よがしに

どこへ行ったのか

杭や金網が見つからない

隣の畑の囲いもなくなっている
イノシシが倒したのなら
杭や金網はそこに
倒れたままになっているはずだ

どこにもない
ぼくは腹立ち紛れに夢を
引きちぎった

ちぎられて夢は行き場を失い
草むらに沈んで行った

クモの巣

計画
というクモの巣を
払いのけて山に入る
山に宛先はあっても
途中の道はない
あちこちに巣が
地図

でもどれ一つとして
役に立ったためしがない

消えた毛虫

毛虫が落ちた
ぐにゃぐにゃと

ぼくは枯れ草をかき分けた
毛虫は遠く沈んでいく
かき分ければかき分けるほど深く

ふとそこに見上げる顔
ささやく毛虫の声

——自分の顔を捜せ。

枯れ草の奥へ顔が
小さくなっていく

ぼくは自分の顔が捜し出せないまま
毛虫が落ちたことも忘れてしまっていた
また葉を食べにスモモの木に
上ってきてくれるだろうか

白いチョウの行方

早朝の畑仕事を終え
鍬を置く
流れる汗を拭く目の前に
一匹のモンシロチョウ

男のそばを移動していく
低くあるいは
高く

やがて日向に動き
日陰に飛び
草むらの上へ

動いていた影が
柿の木陰に消えた

葉先から雫
落ちて
しぶきが上がった

網状に白く光る
蜘蛛の糸

噴霧器

消毒の霧が風にあおられ
細やかに乱れ
飛ぶ

指揮者を失った楽器の
音
楽器を離れて音の
自由

通草

ぐんぐんとツルを延ばし
上下
左右にくねくねと
陰さえ編み込もうとするアケビ
の初夏

ブドウ

網をくぐって畑に入る
いくつかの袋に
破れ
中身がごっそりやられている

——どこから?
——どんなにして?

網に裂け目はなく

隙間もない
——なのにどうして？

黒く
大きく疑問が
網の中いっぱいに充満し
羽ばたこうとするが
外へは出られない

落ちる柿の実

赤く錆びたトタン屋根に
ドドン
と青い実

日照り続きで柿の木は
実を掴む力が弱ってきている
勢いのあるドドンが
つぎつぎと新しくドドンを
誘い込む

落ちたドドンに
木の枝がドキッ

ドキッのあとに
ドドン
ドドンに誘われ
ドキッ
ドキッが捩れて
ドドン

ドドンとドキッが
つぎつぎと繰り広げられる
遠近法

出荷する柿を入れるため父が建てた倉庫
ぼくもかつてガレージ代わりに使っていた

錆びたトタン屋根に
音まで錆びてコロコロ

コロコロが足を踏み外し
色を失って土の上に
ドサッ

晩夏の午後

林の中へ消えていった
蟬の声
畑の中に消えていく
雨の音
掘り起こした
土塊の中に消えた
鍬の音

すべての音が消えたのを確かめて

草むらに鳴き出す
コオロギ

バッタが歩いている
飛ぶのではなく
ヒヨドリが木の枝に止まっている
羽ばたくのではなく

タンポポの綿毛が
風を待っている
まん丸く
夏のあらゆる音を落ち葉にして
風は静寂を運んだりしない

ただ揺らすだけ
日差しは静寂を
押さえつけたりしない
ただ微笑むだけ

時間のひも

梨の木の枝先にくくりつけ
針金の棚の上に
誘引し
枝を広げていく

丸められた塊から
引き出されるひも
あれほど大きな塊で持ってきたのに

もう使い果たそうとしている

ひもは時間だ
転がり続ける

夏の朝ひもを使いきるころ
身体のあちこちから汗がにじみ出る

一息いれてからまた新しい
塊を持ってきて
この木の時間に継ぎ足してやろう
接ぎ木するように

第三章　秋

蟻

柿の木に立てかけた
鍬のそばに
クロヤマアリ

その動きを見ていると
ボクの中にも動きが生まれ
身体が動き始め
また鍬に手が伸びる

こんなに小さな生き物なのに
ボクを動かそうとする

振り上げた鍬の刃は強く土に
刺さり
夏の間に
思う存分伸びていた草を
根ごと掘り起こす

一匹の蟻の小刻みな動きが
ボクの仕事を支える
テコ

蜘蛛の糸

野良仕事から帰ってくると
ぐったり
疲労感

身体のあちこちに糸が
ぐるぐる巻き
頭から紺の上着にズボンまで
おれは獲物になっていた

落ちていた柿の枯れ枝で
粘り着く糸を巻き取っていくと
すっかりはずれて

糸は時には銀色に光り
また虹色になり
獲物を狙って
うごめく

糸は獲物の大小を選ばない

銀バエ

仰向けになったまま
開け放たれ
乾ききった両目に止まって
小刻みに動いていた

ぴくりとでもして欲しかったのだ
自分よりもはるかに大きい生き物
ときどき背中や頭に止まらせてもらって
移動していたのに

今は静止した
目の上で動き回れば目だけでも
微動を始めるかもしれないと
小刻みに揺れ動く

蝿を追い払った農夫は穴を掘り
そこに腐乱死体を埋めた
誰も掘り返したりしないように
被せた土の上にいくつもの石を置いた
墓石のように

朝　雨の音で目を覚ました
あの銀バエはどこへ行ったろう

またどこかで死んで動かなくなった
生き物の目に止まって
蘇生させようとしているのだろうか
人知れず耕作放棄された田畑の近くで

ある冬の朝　一匹の銀バエ
網戸に止まっていたが
動かなかった

外では雨が降り続いていた
登校する子どもたちの声が近づき
そして遠く小さくなっていった

畑

蒔いた種子が
芽生えぬ
小石混じりに希望(ゆめ)が
乾いていく

コオロギに網はいらない

鳴いている
羽を震わせて

そいつは飛ばない
跳ねるだけ

網を被せた
そいつは網の中に見えなくなった
声を両手で掬ったら

黒い点が編み目からこぼれた
黒い点が文末の
ピリオッドになった

ピリオッドはその働きを使えないまま
そこへ辿り着くまでの言葉を
隠してしまった

ぼくの網

畑を耕した記憶が
ぼくの網に
引っかかる

こだわりや悩みの
枯れ葉に
枯れ枝
その一つ一つを取り除き
すっきりさせて

透明な谷川の水のなかに網が
入れられる

身体に残っている
筋肉の痛みや
腰の痛み
それは苦痛ではなく
残っていた汚れを押し流す力

清流のなかの網は
右に揺れ
左に流れ
ゆうらゆら

高畑

どこへ行ってもそこは
村はずれ
中心を持たない集落

家々がまばらに立ち
ほとんどが空き家

戸口から顔を出した白髪の人
ふと聞こえる

早くに亡くなった息子の声
あたりを見回し
だれもいないのを知るとまた
家に入る

家のなかでもときどき聞こえる
子どもの声
亡くなった夫の足音

目を閉じてみるがだれも
そこにはいない

柿の葉

柿に病葉
あれはぼくが
世話を怠ったしるし

木に残っている葉に
怒りのまだら

落ち葉がまき散らされ
疲れ切って

腐敗

朽ちて
その気配は雨のあと
根へと辿り着き
やがてまた枝先へと吸い上げられる
循環

柿の皮むき

くるくる
と右手が柿の実を回し
左手は実にぴたり添えられ

剝かれる果実と
離れていく皮

切れることなく
するする

と皮が送り出され
着ていた服を脱ぐように
刃と実の接点にのみ視線が注がれ

裸になった実は
ころん
と竹籠のなかに入り
積み重なっていく

やがて串に刺し
軒下に吊され
風が渋みをさらっていく

夜の耳のゆくえ

長い間留守にしていた
古いわが家に泊まった夜
静けさが行き渡り部屋全体が
闇に耳をそばだてる
耳が闇に溶け闇そのものが耳
耳は拡大していく

海の中の突き出た岩に波が押し寄せ
耳となっていた岩はやがて海に沈み始める

まもなく聴く機能を停止するだろう

そのそばを蝶が一匹
風に吹かれて東へ
打ち寄せる波音を聞きながら

岩が呑み込まれれば蝶はおそらく
白いままではいられない
飛ぶこともできない

蝶を見ていた
遥か彼方の水平線が
その事態に一線を引いた

夕暮れ

今日ばらまいた太陽の
日差しと温もりを夕焼けは
みんな持って行く
耕した畑の畝（うね）の
砂粒ほどのものまで掬い取って
投網を引き上げるように
西の空へ

辺りは急に冷えこんで暗く

翌朝には広い野山に
霜
耕した跡も鍬の形に
真っ白になっているだろう

引き上げた網に
どんな収穫があったのか
細かな網の目が
山の頂のススキや飛び出た岩に引っかかって
夕日は沈み切れない

その反動で網はいらだち
明朝はことさら冷えこむだろう

秋の夜

――こんにちは、たそがれさん。
もうすぐあなたは夜を連れて
ここにやってくるのですね。
――そして、ぼくが耕している畑一面
夜の闇で覆ってしまうのですね。
あなたは、その始まりなのでしょう?
――ぼくはその頃には家に帰っています。

裸電球の下で本を読みます。
畑を耕す代わりに。

——たそがれさん、
夜中の闇でこの畑を満たしたあと
夜明けに連絡することを
忘れないで下さい。
忘れられると、ぼくは明日
畑に出られません。

——耕しかけた畑のなかに
石が飛び出してきているので
それを取り除かなければなりません。
だから、忘れずに連絡して下さい。

――ぼくはぐっすり眠ります。
夜明けの明かりに肩を叩かれるまで。
それでは、さようなら。

夜の闇はことりとも音がしない
じっと夜を味わっているのか
夜明けにおびえているのか

明日はツルハシが要りそうだ
あの石を掘り出せなかったら
少しずつ砕いていくしかない

第四章　冬

目覚まし時計

設定した時刻より
早く目覚め
起き上がることができれば
その日畑に出てしっかり
仕事ができる

時計に起こされるようでは
その日一日が心許(こころもと)ない

そんなにしてぼくは
自分の一日を占ってきた
たいていは当たっていた

しかし目覚ましに何度
知らされても起き上がれない
朝がある

そんなときは思い切って休むのが
畑への
そして仕事への
礼儀というものだ

夢の糞

思い出せない
夕べ見た夢

どんなに寝返りをうっても
出てこない
山のことか畑のことかさえ
不明だ

夢が終わったとたん夢は

北風のなかコロンと丸くなって
転がっていくらしい

先日　畑のあぜ道に
黒っぽい鹿の糞のようなものが
固まって落ちていた
あれはそれまで見たボクの夢

夢を見たすぐあとは大きくふくらんでいたが
だんだん小さく萎んでいったのかもしれない

それは転がされていたのだが
置き場がなくなったので
サツマイモを収穫した畑の角（かど）や

ジャガイモ畑の隅っこに
固めて置かれていた

置いたのは誰か
ボクは次の夢のなかで
その誰かを捜さねばならない

剪定

鋏の音とともに
落ちる
枝

付き添う一瞬の
影
は音か

クモの糸

一本の糸を垂らし
糸の先に柿の葉を付けて
コガネグモが遊んでる

土の上に落ちるはずだった葉が
糸に引きとめられ
クルクルクルクル
目が回って今どこにいるか

回り続ける葉を見つめているクモも
巣の真ん中にいるのに目が眩む
端っこに行ったり
また戻されたり

巣を見るだけで目に渦が巻く
それに輪をかけて
葉っぱが蜘蛛の巣にネジを巻く
クルルクルクル

糸は強く
動きに耐えて
遊ぶ

竹林のなか

日差しが届かない

そのなかで一本
二本と
切っていく
あたりがほんのり明るく

だが切りすぎてはいけない

鬱蒼とした気配を
断ち切ってはいけない
ことごとく切ってしまえば
再生できない

ユサユサと先の方で竹は
風に不安を揺らしている

マキさん

たった一人
住んでいるお年寄り
九十三歳になるという

彼女の夫の母は
オシカさんと言った
とうの昔になくなっている
そのオシカさんと
そっくりになってきた

新家という家の鑿（のみ）が
オシカさんという手本を見て
マキさんに彫り続けている

もうしばらくすると
すっかりオシカさんになるだろう

雨が降り霧が動き
ゆっくりと谷が地肌を削り
山の形を変えてゆくように人の容貌を
時間をかけて
刻みつづけていく

柿の老木

祖父母が植えつけ
父と母が育ててきた木の大部分が
枯れ
わずかに出た新しい枝

鍬を置いて
根もとに寝ころび
大の字になってみる

木は柿の木であることを止め
さらに木であることさえ止め
空に黒い血管
毛細血管の網

仰向けに寝た土の
心地よい香りのなかで
枯れゆく柿の木が切り絵となって
沈んでいく

石垣

斜面に石を置き
積み並べる
山肌を削り取り土を
かき集める

掘り出すごとに色を
微妙に変えていく土

土色はスケールが大きい

故郷を描くときの
持ち色にできるだろうか

増えていく土に追われて
積み上がっていく石
その列が畑の端を
端正に枠

ぽつりぽつり雨が
音を押さえて土に降る

地名

変更あるいは消滅が
繰り返されてきた
ここ高畑の村名を記憶する人が
いなくなるかもしれない

ツルハシ一本で山のなかに分け入り
新しく細い道をつくる

くぼんだ所を

窪（くぼ）
平たくなっている所を
平（たいら）
そして竹が群生している
群竹（むらたけ）
石を積んだ石垣

いたる所に名前を付けて
その一つ一つに声を掛けたい

見晴らしの丘に立って
村全体を見わたし
何軒かの家の名前を呼んでみた

汗

暗くなるまで畑に
そのあと汗を拭く

仕事でいっぱいになった身体の
扉を開け放つと
汗を追うようにじわじわと
にじみ出てくるもの

それに誘われるようにして

土の色が
大小の石ころの形が
ゆるゆると

夕暮れに吹く風が
その作業を手伝い
内には何も残ってはいない

清々しい皮膚感覚だ

故郷はまもなく穏やかな
闇に満たされる

あとがき

きのう畑に入ったわたしと今日、畑に入るわたしは同じではない。

二〇二二年十一月十八日、アキレス腱を全断裂。農作業の途中だった。一ヶ月の入院とその後のリハビリ。このような境遇にある自分を考える時、わたしは次の二人の人物に強く勇気づけられた気がする。

ジャコメッティは自動車事故に遭い、脚を骨折した。その事故がジャコメッティに決定的な体験を与えた。それは、自分の身体が遊離する（自分の足が自分の身体の一部でないように離れてしまう）のを体験した、と造形作家で批評家の岡﨑乾二郎さんは『感覚のエデン』で言う。

また、坂田一男という画家は瀬戸内海に面した埋め立て地にあった自身のアトリエが高潮をかぶり、保存されていた多くの絵画が冠水した。その冠水（カタストロフ）で多くの絵画の絵の具が剝落した。彼はその破片を拾い集め、修復していった。その修復の過程で生まれた絵画は、もはやもとの絵画ではなく、新たな絵画であると言っていいのではないか、とも岡﨑さんは言う。

さらに、『生命の劇場』『生物から見た世界』の著者ヤーコプ・フォン・ユクスキュルにも励まされた気がする。

わたしはジャコメッティのような体験をし、坂田一男の修復の作業に近いことをやってきたことになる。ジャコメッティにしても坂田一男にしても、その後の作風が変わったという。

わたしは十三年の間、果樹栽培や野菜作りを続けながら故郷高畑を書き続けてきた。書き続けなければ高畑という集落が、その地名とともに消滅する。父や母が、祖父母が働き続けてきた、この畑も消滅する。書き残さなければならない。その思いのなかで生まれた一篇一篇の詩。アキレス腱全断裂というカタストロフィを経験して、それらの詩に変化が生まれたのかどうか。誰かに尋ねてみたい気がする。

この詩集を出版するにあたり、土曜美術社出版販売の高木祐子さんとスタッフの皆様にお世話になりました。感謝いたします。

二〇二三年四月一日

武西良和

著者略歴

武西良和（たけにし・よしかず）

1947年和歌山県生まれ。詩誌「ぽとり」編集・発行人。

詩集に『水中かくれんぼ』（1995）『わが村　高畑』（2002第1回更科源藏文学賞）『子ども・学校』（2004）『きのかわ』（2006）『ねごろ寺』（2009）『プロフェッショナル』（2011）『武西良和詩集』（2012）『岬』（2013）『てつがくの犬』（2014）『遠い山の呼び声』（2015）『鍬に錆』（2019）など。

詩文集に『ぼくとわたしの詩の学校』（2008年、電子版は2022年）『詩でつづる　ふるさとの記憶』（2016）。

日英バイリンガル詩集に『NINJA 忍者』（2017）『DUET OF IRON 鉄の二重奏』（2017）など。

詩作品国内展示では杜の芸術祭「和楽2021」（仙台市）、日欧合同交流展（2022年10月 東京）、平和記念アートラベル展（2022年12月 東京）、EMPギャラリー（2023年1月 東京）、横浜赤レンガ芸術祭「和楽2023年4月」、名古屋芸術祭「和楽2023年9月」など。

詩作品海外展示では日欧宮殿芸術祭ミュンヘン（2022年11月 ドイツ）、日欧宮殿芸術祭マルタ（2023年5月）、Sway Gallery展（2023年5月 London、UK）、Anthony Gilardi展（2023年8月 Los Angels、USA）など。

日本農民文学会、日本国際詩人協会、日本詩人クラブ、日本現代詩人会の各会員。日欧宮殿芸術協会正会員。

現住所　〒649-6226　和歌山県岩出市宮150-2

詩集　メモの重し（おも）

発　行　二〇二三年九月一日

著　者　武西良和
装　丁　直井和夫
発行者　高木祐子
発行所　土曜美術社出版販売
〒162-0813　東京都新宿区東五軒町三―一〇
電　話　〇三―五二二九―〇七三〇
ＦＡＸ　〇三―五二二九―〇七三二
振　替　〇〇一六〇―九―七五六九〇九
印刷・製本　モリモト印刷

ISBN978-4-8120-2794-3　C0092